國家圖書館出版品預行編目資料

牛弟的神聖任務 / 許榮哲著;王平,馮艷繪.－－初版一
刷.－－臺北市：三民，2009
面； 公分.－－(兒童文學叢書／我的蟲蟲寶貝)

ISBN 978-957-14-5284-5　（精裝）

859.6　　　　　　　　　　　98020554

ⓒ　牛弟的神聖任務

著 作 人	許榮哲
繪　　者	王平　馮艷
責任編輯	李玉霜
美術設計	蔡季吟
發 行 人	劉振強
著作財產權人	三民書局股份有限公司
發 行 所	三民書局股份有限公司
	地址　臺北市復興北路386號
	電話　(02)25006600
	郵撥帳號　0009998-5
門 市 部	(復北店) 臺北市復興北路386號
	(重南店) 臺北市重慶南路一段61號
出版日期	初版一刷　2009年11月
編　　號	S 857361

行政院新聞局登記證局版臺業字第○二○○號

有著作權・不准侵害

ISBN　978-957-14-5284-5　（精裝）

http://www.sanmin.com.tw　三民網路書店
※本書如有缺頁、破損或裝訂錯誤，請寄回本公司更換。

作者的話

　　我家附近，每天都有人在馬路旁兜售獨角仙。每次經過時，看著一隻一隻被關在透明塑膠籠裡的獨角仙，我總會不由自主的想念起我的朋友——黃金龜，我們習慣叫他「牛屎龜」。

　　有很長一段時間，我老是分不清獨角仙與牛屎龜這兩種甲蟲之間的差別。

　　童年的時候，我住在臺南鄉下，家裡務農，附近有不少鄰居養牛，因此走在路上，常常東一坨西一坨，一不小心就踩中牛屎。然而印象中，牛糞一點也不臭，反而給人一種牧草的清香味。

　　對女孩子而言，牛屎和人屎沒兩樣（有人覺得牛屎比較恐怖，因為它是 King size），但對淘氣的男孩子而言，牛屎是了不起的寶藏，因為如果沒有意外的話，幾乎每一坨牛屎底下，都會藏著幾隻貪吃的牛屎龜。

　　如果你的專長是等待的話，那麼你就有機會一次看到好幾隻牛屎龜，推著糞球趣味競走的畫面。

　　我的專長從來不是等待，　因此常常和鄰居提著水桶朝牛屎底下的洞猛灌，企圖利用水的浮力把牛屎龜逼出來，然後活逮。

　　活逮之後，我們每個人選定一隻身強力壯的牛屎龜，在他們身上綁一條繩子，繩子後面拖著一顆比他們還重的大石頭。然後在地上劃出一條線，幾十隻牛屎龜放在同一條線上。

　　預備……開始——

　　幾十隻莫名其妙的牛屎龜吃力的拖著身後的石頭，賣力的向前拉。

「牛龜拖車」的遊戲玩膩之後，我們想到了新玩法，我們把原本應該倒插在臭水溝裡的水鴛鴦炮拔出來，倒插進一坨又一坨的牛糞裡。

爆——，我們被牛屎四射的畫面給逗得哈哈大笑。

再後來，我們把這個技術轉移到實用的身上。

想像中，某個討厭鬼全身上下沾滿牛屎的可笑畫面，讓我們因此變得有耐心起來。我們靜靜的躲藏起來，等著某個討厭鬼經過，等著「轟隆」一聲巨響，等著討厭鬼滿頭滿臉的牛屎花，等著他嚎啕大哭。

然而最後的結果，常常是討厭鬼不知道突然想到了什麼，居然在牛屎面前硬生生的停了下來，然後轉了個大彎，調頭離開了。正當我們扼腕嘆息時，其中一位鄰居的爺爺騎著腳踏車，分秒不差的出現在牛屎前面。

鬼使神差似的，爆——

黃澄澄的牛屎，炸彈開花似的，伴隨著一兩隻倒楣的牛屎龜，在空中不停的旋轉，不停的旋轉，最後統統黏到鄰居爺爺的臉上去了。

沒有任何意外的，我們一群死小孩統統跪在滿地牛屎的草地上，嘻嘻哈哈看著遭受池魚之殃的牛屎龜，委曲的背起行李搬到另一坨牛屎底下。

直到現在，我還是分不太清楚牛屎龜和獨角仙之間的差別，但我覺得這樣很好，那麼我就會時不時的在回家的路上，看到許久不見的老朋友。

但有時我也覺得挺感傷的，因為我的老朋友不住在牛屎底下，而是在透明的牢籠裡。

牛弟的神聖任務

許榮哲 著　　王平・馮艷 繪

三民書局

土地公廟前，傳來陣陣哭聲。

「人家不要，不要啦……」哭聲來自於一隻胖胖的甲蟲「牛弟」。

牛弟非常討厭自己，因為他是一隻糞金龜，大家都叫他「牛屎龜」。

「小朋友，你怎麼了？」土地公突然說起話來。

說話的其實是隱身在土地公柺杖上的竹節蟲阿比，他聽了牛弟的祕密之後，突然興起了捉弄他的念頭。

牛弟:「人家不想當糞金龜啦，因為……因為我不想跟大便扯上關係。」

土地公:「那你想當什麼?」

牛弟:「我想當英勇的獨角仙，因為他是昆蟲界的第一武士。如果我是獨角仙，那我就可以好好的教訓那個『昆蟲殺手』——鬼小孩。」

「鬼——小——孩——」阿比尖叫一聲。

最近河邊來了一個鬼小孩，
他到處捕捉昆蟲，然後
兩兩擺在一塊兒，
強迫他們決鬥。
戰敗的一方，
鬼小孩就將他
「處死」。

6

　　剛從鬼小孩那兒逃回來的阿比，
一聽到「鬼小孩」三個字
就渾身發抖，沒想到這一抖，
居然把土地公手上的枴杖震落了。

「天啊！奇蹟出現了。」牛弟大叫。
牛弟把土地公的枴杖當成獨角仙的大角。

「土地公一定是希望我去教訓那個鬼小孩，所以才會送我這個禮物，我絕對不會讓他失望的。」牛弟高高舉起土地公賜給他的禮物。

9

「打敗鬼小孩，
為人民除害！
嘿嘿獨角仙，
大家的最愛！」

頭頂著枴杖的牛弟，
哼著自己編的歌，
去找鬼小孩了。
他要去執行土地公
交給他的神聖任務了。

11

螳螂小刀：「咦，那不是牛弟嗎？
他頭上頂著一塊木頭要去哪裡？」
　　蒼蠅依依：「我也不知道，聽說
他最近都自稱『獨角仙』，而且
到處找鬼小孩，想和他決鬥！」
　　小刀：「不會吧，他瘋了嗎？」

13

　　河畔的草地上，瓢蟲三兄妹大寶、二寶、筱琪正在瘋狂的逃命。

　　為了徹底變身，已經三天沒碰牛糞的牛弟，儘管肚子餓得咕嚕咕嚕叫，全身無力，仍勉強挺起胸膛，對迎面而來的瓢蟲三兄妹說：

　　「我親愛的朋友們，讓我來自我介紹一下⋯⋯以後請叫我『獨角仙』⋯⋯我要打敗鬼小孩，為人民除害⋯⋯」

　　瓢蟲三兄妹完全聽不懂牛弟在說什麼，
事實上他們也沒心情聽。

　　大寶邊跑，邊叫：「牛弟，快逃、快逃。」

　　二寶邊叫，邊回頭：「會沒命、沒命。」

　　筱琪邊回頭，邊絕望的說：「他死定了。」

　　牛弟沒聽清楚瓢蟲三兄妹說了什麼，因為
他話說到一半就餓昏了。

「好吃！真好吃！」
餓昏的牛弟正在夢裡
享用牛糞大餐。
「還是牛糞好吃！」

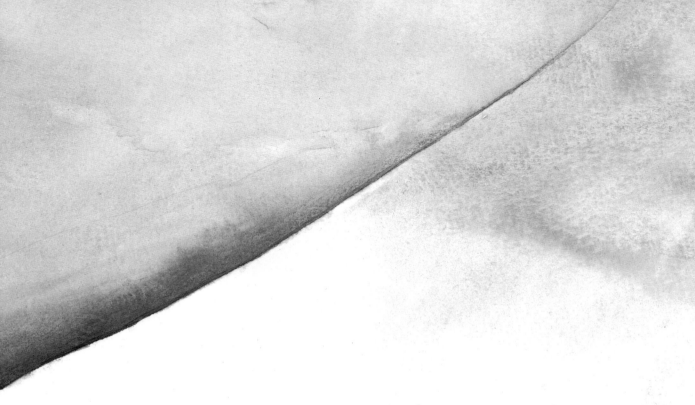

「救命啊 —— 」

昏昏沉沉的牛弟聽到淒厲的叫聲，正想張開眼睛，沒想到身體居然自己飛了起來。

牛弟被一隻大手抓了起來。

牛弟睜開眼睛，眼前看到的是一隻獨角仙。

原來，牛弟被鬼小孩抓走了。

鬼小孩一手抓著牛弟，一手抓著獨角仙，打算讓他們決鬥:「太好了，又可以玩決鬥的遊戲了，輸的那一方就處死刑。」

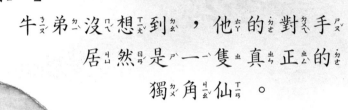

牛弟沒想到，他的對手居然是一隻真正的獨角仙。

23

決鬥開始了——
獨角仙激動的對著牛弟大叫：
「聖甲蟲！聖甲蟲！神聖的甲蟲！」

24

　　牛弟看到對方鬥志這麼高昂，心想這次
死定了，但為了活命，還是強打起精神，
把頭上的枴杖拔了下來，充當武器。

　　「來吧！」事實上，牛弟怕死了。

　　鬼小孩嚇了一跳，眼前的甲蟲
居然把自己的角硬生生拔了下來，
然而更讓他驚嚇的是：「咦？原來這隻
不是獨角仙，那他頭上怎麼會長了一根
黑黑長長的東西？」

　　鬼小孩的朋友：「哈哈哈，你抓到
糞金龜了，他頭頂上那根黑黑的東西
一定是牛糞！」

　　「髒死了。」鬼小孩氣得把牛弟和
獨角仙都扔了。

獨角仙：「謝謝你，聖甲蟲。」

牛弟：「沒什麼好謝的，那個小鬼不過是嫌我髒罷了。還有，你認錯人了，我是糞金龜。」

獨角仙搖搖頭：「不，你是聖甲蟲沒錯。」

28

一路上，牛弟哼著歌，心情好極了。

打敗鬼小孩，
為人民除害！
嘿嘿糞金龜，
比獨角仙厲害！

因為獨角仙說，埃及人把糞金龜當成神的象徵，因為他們滾動糞便的樣子，很像太陽在運行。而且獨角仙還說：「我好想變成你喔！對我而言，你才是真正的勇士，不只擁有神聖的血統，而且一點也不怕那個可惡的鬼小孩。」

路（ㄌㄨˋ）上（ㄕㄤˋ），牛（ㄋㄧㄡˊ）弟（ㄉㄧˋ）又（ㄧㄡˋ）遇（ㄩˋ）見（ㄐㄧㄢˋ）了（ㄌㄜ˙）瓢（ㄆㄧㄠˊ）蟲（ㄔㄨㄥˊ）三（ㄙㄢ）兄（ㄒㄩㄥ）妹（ㄇㄟˋ）。

大（ㄉㄚˋ）寶（ㄅㄠˇ）：「你（ㄋㄧˇ）居（ㄐㄩ）然（ㄖㄢˊ）還（ㄏㄞˊ）活（ㄏㄨㄛˊ）著（ㄓㄜ˙）！」

二（ㄦˋ）寶（ㄅㄠˇ）：「有（ㄧㄡˇ）斷（ㄉㄨㄢˋ）手（ㄕㄡˇ）斷（ㄉㄨㄢˋ）腳（ㄐㄧㄠˇ）嗎（ㄇㄚ˙）？」

只（ㄓˇ）有（ㄧㄡˇ）筱（ㄒㄧㄠˇ）琪（ㄑㄧˊ）發（ㄈㄚ）現（ㄒㄧㄢˋ）牛（ㄋㄧㄡˊ）弟（ㄉㄧˋ）不（ㄅㄨˋ）太（ㄊㄞˋ）一（ㄧˊ）樣（ㄧㄤˋ）了（ㄌㄜ˙）：「咦（ㄧˊ），你（ㄋㄧˇ）頭（ㄊㄡˊ）上（ㄕㄤˋ）的（ㄉㄜ˙）東（ㄉㄨㄥ）西（ㄒㄧ）怎（ㄗㄣˇ）麼（ㄇㄜ˙）不（ㄅㄨˊ）見（ㄐㄧㄢˋ）了（ㄌㄜ˙）？」

牛弟甩甩頭，
用最自信的表情說：
「那個東西啊，我已經不用了。
你們不覺得我本人比較帥嗎？」

經過這個事件之後，牛弟終於了解，
與其一味的模仿別人，不如好好的認識自己，
並且喜歡上自己，這才是最神聖的任務。

 寫書的人

許榮哲

1974 年生。臺南下營人。臺大生工所、東華創英所雙碩士。曾任《聯合文學》雜誌主編，現任耕莘青年寫作會文藝總監、政大少兒出版社文創總監。曾獲《時報》、《聯合報》文學獎、編輯金鼎獎、優良劇本獎等。著有小說《迷藏》、《寓言》、《吉普車少年的網交生活》、《漂泊的湖》；電影劇本《七月一號誕生》、《單車上路》；作文書《神探作文》，以及兒童文學《快樂看中國》、《快樂看故事》、《喜歡高空彈跳的微笑蜘蛛》等多本。

 畫畫的人

王 平

王平自幼愛好讀書，書中精美的插圖引發了他對繪畫的最初熱情，也成了他美術上的啟蒙老師。大學時，王平讀的是設計專科，畢業後從事圖書出版工作，但他對繪畫一直充滿熱情，希望用手中的畫筆描繪出多彩的世界。

王平個性樸實，為人熱情，繪畫風格嚴謹、細緻。繪畫對王平來說，是一種陶醉和享受，並希望通過畫筆把這種感受傳遞給讀者，帶給人們愉悅和歡樂。

馮 艷

生長在美麗的渤海灣邊，從小聽八仙過海的故事長大，深信長大後，自己也能夠騰雲駕霧，飛過大海。

懷著飛翔的夢想，大學畢業以後，走過許多城市，現在定居在北京。做過廣告設計、雕塑、剪紙、設計製作民間玩具。幾年前，開始接觸兒童圖畫書，進而迷上了圖畫書，並且嘗試繪製插圖，希望透過自己的畫，把快樂帶給大家。

一套充滿哲思、友情與想像的故事書
展現希望、驚奇與樂趣的
「我的蟲蟲寶貝」！

想知道

迷糊可愛的毛毛蟲小靜，為什麼迫不及待的想「長大」？

沉著冷靜的螳螂小刀，如何解救大家脫離「怪傢伙」的魔爪？

膽小害羞的竹節蟲阿比，意外在陌生城市踏出「蛻變」的第一步？

老是自怨自艾的糞金龜牛弟，竟搖身一變成為意氣風發的「聖甲蟲」？

熱情莽撞的蒼蠅依依，怎麼領略簡單寧靜的「慢活」哲學呢？

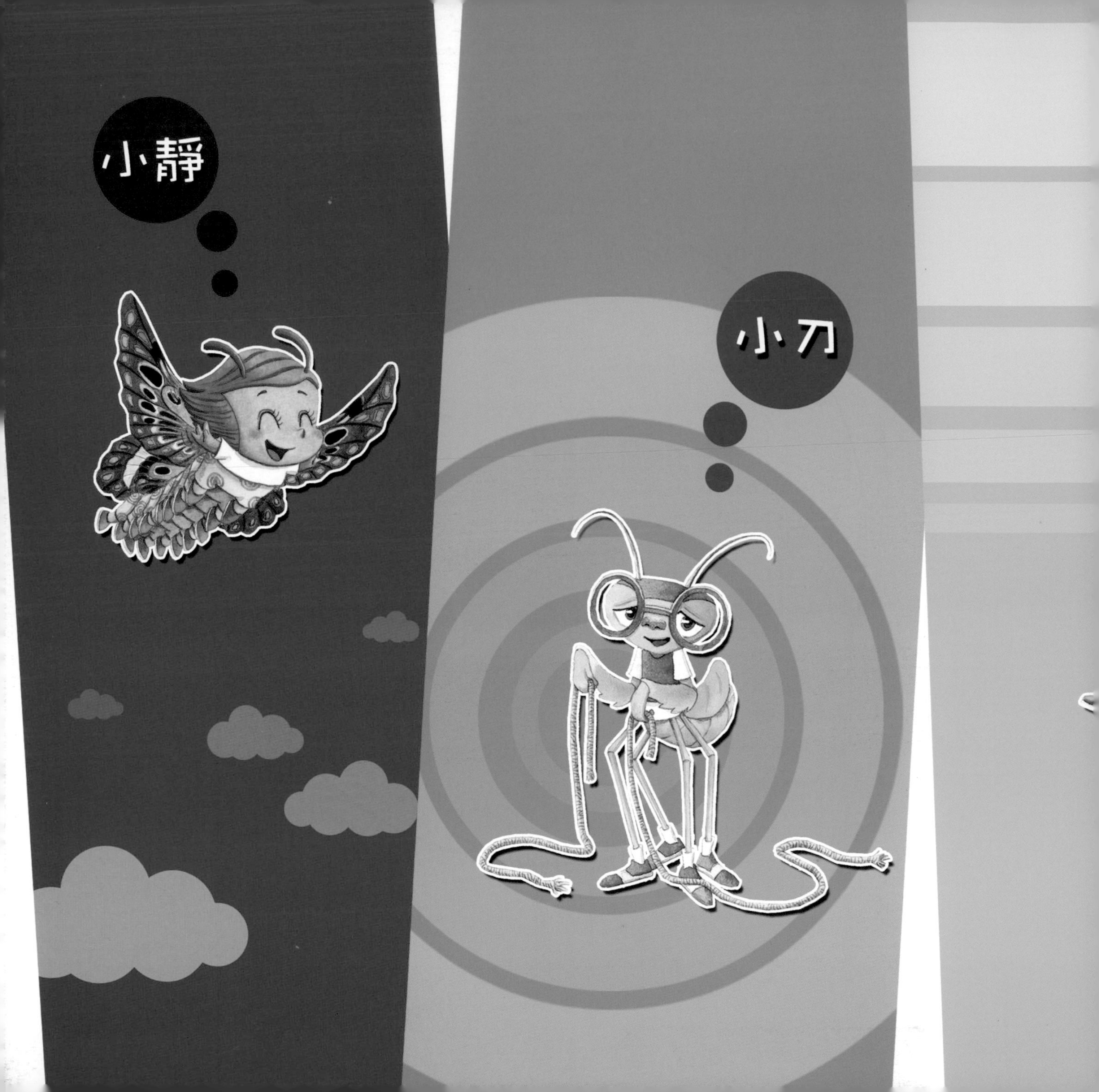
小靜
小刀